LA

MAISON DE CAUNÈGRE

En Magescq

GÉNÉALOGIE

PAR

M. l'Abbé FOIX, Curé de Laurède

DAX

IMPRIMERIE-RELIURE HAZAEL LABÈQUE,

11, Rue des Carmes

—

1895

LA

MAISON DE CAUNÈGRE

En Magescq

GÉNÉALOGIE

PAR

M. l'Abbé FOIX, Curé de Laurède

DAX

IMPRIMERIE-RELIURE HAZAEL LABÈQUE,

11, Rue des Carmes

—

· 1895

LA

MAISON DE CAUNÈGRE

En Magescq

DE CAUNÈGRE

Seigneurs du dit lieu de Caunègre, du Sanguinar, des Artigues, du Goulard, de Mongrüer, du Boing du Boscq, de Labeyrie et de Laglan, sieurs de Lanusse, de Pinsolle et autres lieux, le tout en Magescq et Soustons.

ARMES :

D'argent, au chêne déraciné de sinople, accolé à dextre et à senestre de deux croissants d'or, une tulipe et un myosotis de sinople. Croix de Malte. Couronne de chevalier.

INTRODUCTION

« Les Caunègre descendent originairement et par longues suites
« d'années de succession d'ung gentilhomme Angloys quy feut maryé
« avec l'héritière de la mayson noble du Sanguinar, nommé Caunègre,
« lequel gentilhomme et tous ceulx quy sont descendeus de luy ont
« tousjours vescu noblement et suyvant leur qualité sans avoir oncques
« faict acte de prévariquation à leur noblesse. » (1)

---

(1) Attestation nobiliaire de 1614.

Sans nous arrêter à cette origine qu'il est assurément difficile de contrôler, (1) il est évident que la maison de Caunègre a tout un long passé de gloire : les pages suivantes, malgré leur sécheresse et leur briéveté voulues, parlent en cette faveur.

I. — LES CAUNÈGRE, SEIGNEURS DU SANGUINAR

Les biens du Sanguinar, « hostaux, bordes, parguies, capcasaux, terres, « boyries, pinhadars, boscqx, barthes, praderies, scituatz en la senhorie « de Sort... parropie de Magesc » furent affranchis d'une quête annuelle de deux livres, et anoblis le 20 Février 1493, par Agnette du Cramail dame de Poyloaut et Charles de Balensun, son fils, seigneur Baron de Poyolault, Magescq, Sort, Hinx, Poy, Lahontan, Herm et Gourbera en leur partie. (2)

Des lettres-patentes du Roi et Arrêts de son conseil confirmèrent cet anoblissement à Paris le 28 novembre 1612 : elles furent enregistrées au parlement de Bordeaux le 23 juillet 1613, et au sénéchal de Dax le 20 février 1615.

Les biens nobles du Sanguinar comprenaient 37 journaux, 60 arpents de bois de chêne, une journée et demie de châtaigniers, 3 de prés, 25 de barthes dites du Sanguinar et de Caillaù, et enfin les pignadars des Artigues, du Grand et du Petit Mompic. « Par le malheur des guerres « civiles... la mayson du Sanguynar feut desmolye, « pilhée, sacquagée, « même les tours d'icelles abattues, par feu Mgr de Monluc, Baron dudit « Magescq, fils de Mgr le mareschal de Monluc. » (3)

I. — Honorable homme Jacmot de Caunègre habitait le Sanguinar en 1493. C'est en sa faveur qu'eut lieu l'anoblissement.

II. — Pées de Caunègre, vivant en 1520, fut très probablement le père de : *a*. Guilhem, qui suit ; *b*. Jehanne, demoiselle, mariée à Mᵉ Jehan Duboys, 1566, d'où Mᵉ Alexandre Duboys, qui habitait en 1582 la maison

---

(1) Le latin semble donner l'explication la plus naturelle du mot Caunègre : *collios nigra*, mot analogue à Caulonque (collis longa), Caumale (collis mala), etc.

(2) Charles de Balensun et sa mère n'étaient pas jusqu'à présent connus des généalogistes. Armes des Poyloault : Losangé d'or et de gueules.

(3) Recueil d'actes sur la noblesse des Caunègre.

dite Pées de Caunègre ; *c.* Jehanne, demoiselle, mariée à Mᵉ Mathieu de Laugar, procureur au présidial Dax, 1581. (1)

III. — Guilhem de Caunègre, seigneur des maisons nobles de Caunègre, des Artigues, du Sanguinar et de Goulard, mourut en 1549, laissant en tutelle : *a.* Pierre, qui suit ; *b.* Jean, seigneur du lieu de Caunègre, dont la généalogie suivra au chapitre II ; *c.* Pascal, seigneur des Artigues, Goulard et autres lieux, qui aura sa généalogie au chapitre III ; *d.* probablement, Guillaume, vivant en 1564.

IV. — Pierre de Caunègre, hérita de la seigneurie du Sanguinar, dont la maison principale était « le manoyr ou castet du Sanguinar. » Procureur de la Baronnie de Magescq (1564-1581), il mourut le 22 Mars 1584, la même année que sa femme, ne laissant qu'une fille, Jeanne de Caunègre, dame du Sanguinar, que nous retrouverons plus loin avec son mari, Jean de Caunègre, seigneur de Mongruer (chap. VIII).

II. — LES CAUNÈGRE, SEIGNEURS DUDIT LIEU, PREMIÈRE BRANCHE CADETTE DES CAUNÈGRE DU SANGUINAR.

La maison noble de Caunègre, anciennement appelée Lataste, et aujourd'hui, la Grand'Maison est située dans Magescq. C'est le foyer principal d'où ont rayonné les représentants actuels de cette race.

IV bis. — Jean de Caunègre, seigneur dudit lieu, bayle de Magescq, 1560-1575, eut : *a.* Jean II, qui suit ; *b.* Isaac, écuyer, homme d'armes, habitant Arjuzanx (1624-1627), d'où sont issus : *a.* Jean-Paulin, sieur de Caunègre, écuyer, habitant Arjuzanx, lequel épousa (15 Juin 1649) Marie de Chambre, demoiselle, fille de N... et de Marie Dufazar, demoiselle ; (2) *b.* Sʳ Jean de Caunègre, écuyer, habitant Arjuzanx, 1649 ; *c.* Jérémie, écuyer, procureur jurisdicionel, puis juge de la vicomté d'Uza, enseveli, quoique impénitent et inconfessé, dans l'église du Vignac (25 novembre 1626) ; *d.* Bertrand, recherché en 1581 comme homicide.

V. — Jean II de Caunègre, sieur dudit lieu, homme d'armes du seigneur de Poyanne, lieutenant de bayle, bayle et lieutenant de juge de Magescq

---

(1) Arch. deu Tribunal de Dax. Armes des Laugar : d'azur au chevron d'argent, chargé de deux croissants d'or et accompagné de trois étoiles de même et posées deux et une. Les Laugar ont été seigneurs de Campaigne, Mayranx, Bernadet, etc.

(2) Manuscrits de M. l'abbé Départ, curé doyen de St-Vincent-de-Tyrosse. Armes des de Chambre : de gueules à une licorne d'argent.

(1581-1610), mort avant 1619, avait épousé Marie d'Amou, demoiselle. (1)
Avec l'aide de son frère Bertrand et de plusieurs autres, il avait tué dans
une rencontre les deux frères Jean-Jacques et Jean de Caunègre de
Mongruer (1581).

De lui sont issus : *a*. Jean-Paule, qui suit ; *b*. Bernard, fondateur de
de la branche des Caunègre-Roubin, dont la généalogie suivra (ch. IV) ;
c. Françoise, demoiselle, qui épousa : 1º Jean-Jacques de Caunègre,
chevaucheur (25 Juin 1619) ; 2º Mᵉ Etienne de Pomiers, sieur de Barescq,
lieutenant de prévôt en la maréchaussée de France et procureur d'office
des Baronnies de Magescq et Poy-lès-Acqs, déjà veuf de Jeanne de
Cardenau, demoiselle. (11 février 1630). De lui naquit Catherine de
Pomiers, épouse de Bernard de Lavigne (8 décembre 1646) ; *d*. Jeanne,
demoiselle, mariée à Mᵃ Jean de Morar, notaire à Magescq.

VI. — Jean-Paule de Caunègre, sieur dudit lieu, écuyer, homme d'armes
du seigneur de Poyanne, 1630. se marie avec Isabeau Dumorar, demoiselle, sœur de Louis, homme d'armes, habitant Dax, et meurt en Mai
1639 « Il avoit un lacquay quand il alloit en voyage. » Sa veuve convola
avec François Castellan, homme d'armes. De Jean-Paule vinrent : *a*.
Bernard, qui suit ; *b*. Catherine, demoiselle, mariée en premières noces
avec Sʳ Pierre Dutraucq. (2) et, en secondes, avec Mᵉ Philippe de Màa,
notaire de Magescq, 1667, d'où Bernard de Màa.

VII. — Bernard de Caunègre, sieur dudit lieu, homme d'armes,
lieutenant au régiment de Lassalle et compagnie de Goalard en 1677,
épouse à Soustons, dans la maison aujourd'hui appellée à Caunègre,
Jeanne Dupuy de Pinsolle, demoiselle, fille de Mᵉ Pierre Dupuy, (3)
notaire, d'où : *a*. Jérôme de Caunègre de Pinsolle, sieur dudit lieu, homme
d'armes, praticien de Soustons, 1690-1712, probablement marié à dᵘᵉ
Marie de Castaignède (4), laquelle meurt le 8 novembre 1707. Jérôme dut
mourir sans postérité. Le titre de sieur de Caunègre passe alors à son

(3) Tous les généalogistes de la maison de Caupenne d'Amou ont ignoré cette
alliance. Armes des Caupenne d'Amou : Ecartelé du 1 d'azur à trois panaches 2
et 1, au 2 aussi d'azur à trois lames d'argent 2 et 1, au 3 d'or à deux vaches
passantes, au 4 de gueules à deux clefs d'argent posées en pal.

(2) Armes des Dutraucq : d'azur, à une bande d'argent, chargée de trois rocs
d'échiquier de gueules.

(3) Armes des Dupuy : d'azur à trois fasces vitrées d'argent.

(4) Armes des Castaignède : d'azur, à une fasce d'argent chargée de trois roses
de gueules.

frère cadet ; *b*. Jacques, qui suit ; *c*. Me Raymond, né à Soustons en 1672, prêtre, bachelier en théologie, vicaire de Soustons (1704-1707), vicaire à Dax, aumônier de Mgr d'Arboucave, qui le pourvut d'un bénéfice considérable, se fit nommer par le parlement curé de St-Pandelon et Bénesse (1713-1715), soutint contre son bienfaiteur un long procès qu'il perdit (1), resta 28 ans curé de Moliets (1717-1744), démissionna sous réserve de pension, et mourut le 7 janvier 1750, âgé de 78 ans, à Moliets, où il fut inhumé dans le sanctuaire ; *d*. Marthe, demoiselle, habitant Soustons en 1708, avait épousé avant 1724 à Moliets, Salvat de Fossecave, seigneur de Biscordan, lequel mourut, maison Eslin, à 70 ans, le 16 Octobre 1750, et sa femme le 17 Avril 1754, à 70 ans. Ils furent ensevelis dans l'église ; (2) *e*. Raymond, le juge, fondateur de la branche de Moliets, dont on verra la généalogie (Chapit. V).

VIII. — Mr Jacques de Caunègre de Pinsolle, sieur de Caunègre, écuyer, 1718, marié à demoiselle Jeanne Labat, de Bayonne, eut pour enfants : Raymond, qui suit ;

IX. — M^o Raymond de Caunègre de Pinsolle, écuyer, chevalier, sieur de Pinsolle, avocat en parlement, conseiller du Roi et son procureur au sénéchal de Bayonne, y épousa le 26 Mars 1749 demoiselle Marie-Françoise Van-Oosterom, qui porta 22,000 livres de dot. (3) Il mourut à Bayonne le 29 Avril 1786. Sa femme, victime des Révolutionnaires, fut guillotinée à Dax, le 23 Germinal an 2. Raymond fut inhumé au couvent des Jacobins de Bayonne. Ils eurent : *a*. Jeanne-Sophie, née le 6 Novembre 1751, morte à Bayonne le 14 Août 1787, à 36 ans ; *b*. Dominique, qui suit, né à Bayonne, le 27 Février 1753 ; *c*. Raymond, né le 28 Octobre 1754 ; *d*. Elisabeth, née le 25 Juillet 1756 ; *e*. Jeanne-Plaisance, née le 2 Mai 1758 ; *f*. Marie-Anne, née le 16 Avril 1760. Ces enfants durent mourir jeunes ; (4) *g*. Marthe, demoiselle, née le 29 Juillet 1762, morte à Soustons, au Pey, le 25 Février 1809, avait épousé : 1° Mr André de Casaunau, de Ste-Marie (an V) ; (5) 2° Antoine Samanos (an XIII) ;

(1) Cf. sur ce procès le Manuscrit Cazenave, dans les archives Du Boucher, de Dax.

(2) Arch. de Moliets.

(3) Les Van-Oosterom se sont alliés aux de Valier, seigneurs de Bourg, aux Chegaray-Sendos, aux d'Etchegoyen, etc.

(4) Arch. de Bayonne.

(5) Les de Casaunau étaient seigneurs de Gestède et d'Escoute-Plouye.

h. Jeanne-Poupine, demoiselle, née à Bayonne le 4 Décembre 1763, morte à Soustons le 3 Mars 1835, à Galleben ; *i*. Jeanne, née le 3 Novembre 1765, morte à Soustons le 12 Novembre 1840. (1).

La charge de procureur et avocat du Roi du sénéchal de Bayonne était évaluée 25,000 livres, Les acquêts de société avec la femme montèrent à 20,000 livres environ. (2)

x. — Mr Dominique de Caunègre de Pinsolle, chevalier, habitant Soustons, 1789-1809 épousa Jeanne Lamoliatte et mourut à Galleben, le 20 Juillet 1809. De lui sont issus : *a*. dame Jeanne-Rose, qui épousa (11 Février 1830) M. Pierre-Victor Darricau, (3) rentier ; elle mourut le 15 Février 1852, à 53 ans, au quartier de Sterling, en laissant postérité ; *b*. Marie-Julie, qui épousa (13 Juin 1837) Jean Lalanne, de Montfort, gendarme. Elle mourut à St-Esprit-Bayonne. (4)

III. — Les Caunègre, Seigneurs des Artigues et du Goulard, seconde Branche Cadette des Caunègre du Sanguinar.

La maison noble des Artigues n'existait plus au XVII° siècle. Les pignadars des Artigues, le Grand et le Petit Monpic avec un bois de chênes, en étaient les dépendances nobles.

Quant à la seigneurie du Goulard, au quartier du Houssat, elle changea son nom à la fin du XVI° siècle en celui de Beillique, disparu lui-même depuis longtemps.

IV ter. — Pascal de Caunègre, seigneur des Artigues et du Goulard, dit le Patriarche, troisième fils de Guilhem, prit part à toutes les guerres de l'époque et mourut jeune le 18 Juillet 1569. Artigues ayant été aliéné en faveur des seigneurs de Mongruer, il ne put léguer à ses enfants que le Goulard. De sa femme Noble Sarrancine de Boucosse, fille d'Arnaud, seigneur de Boucosse en Mugron et de Françoise Duvignau, demoiselle, il eut : *a*. Bertrand, né en 1566, lequel racheta les biens nobles des Artigues, Caillaù et Mompic, pour s'en dessaisir en 1595, moyennant

---

(1) Arch. de Soustons.

(2) Arch. du Tribun. Dax.

(3) De la même famille que le Baron Darricau, seigneur de St-Antoine des Traverses

(4) Arch. de Soustons. Plusieurs familles de Soustons portent le nom de Caunègre : M. l'abbé Caunègre, curé actuel de Brassempouy, est né à Soustons.

1000 francs bourdalois, se fit un nom dans la magistrature, et mourut laissant une fille au moins, d'une épouse dont le nom n'a pas été retrouvé ; *b.* Etienne, né en 1568, qui suit ; *c.* N..., fils, enterré en 1572 ; *d* probablement, Bernard, notaire de Magescq en 1592.

v. — Etienne de Caunègre du Goulard, homme d'armes, « feust commandé pour porter les armes au service du Roy durant son meilleur « aage... Il fit une entière retraicte en l'année 1623 avec résolution de ne « plus porter les armes, estant fort caduque et débille, plus à raison des « veilles, peynes et fatigues qu'il avoit souffertes pendant les campaignes « qu'il servit que pour le nombre d'années qu'il avoit. » Devenu veuf assez vite, il mourut en 1624, laissant : *a.* Bertrand, qui suit ; *b.* Marie, qui épousa Mᵉ Pierre de Bergeron, (1) notaire de Caupenne (vers 1610), d'où Domenge de Vergeron, demoiselle, mariée en 1628 à François Despériers de Lagelouse, escuyer ; (2) *c.* Arnaud, vivant en 1596 ; *d.* peut-être, Mᵉ Bertrand, prêtre, docteur en théologie, curé de Messanges, 1602.

vi. — Bertrand de Caunègre de Beillique, praticien, mort en 1560, avait épousé Marguerite de Cardenau, demoiselle de Gamarde (3), morte en 1681, après son fils Jean, qui suit. L'héritage passa aux Caunègre de Lanusse-Vieille et à demoiselle Jeanne de Laborde, épouse du sieur Papin d'Aire, cavalier du convoi de Magescq.

vii. — Jean de Caunègre de Beillique, praticien, mort sans enfants. Il testa le 17 Octobre 1665.

APPENDICE

Sur les Caunègre de Beillique — Les Caunègre de Torrou.

Les Caunègre de Beillique ayant hérité de l'ancienne maison du Torrou, au bourg de Magescq, sans doute par alliance ou parenté, c'est ici le lieu de parler de cette branche des Caunègre qui a produit un capitaine, gouverneur de Boulogne en Picardie.

---

(1) Armes des Vergeron : d'argent à un chêne arraché de sinople accolé de deux levriers de gueules.

(2) Armorial des Landes, 3-254. Armes des Despériers : d'azur au lion d'argent surmonté en chef de deux croissants du même.

(3) Armes des Cardenau de Gamarde : d'azur, à un cygne d'argent, becqué et membré d'or.

I. — Sr Jean de Caunègre, dit Torrou, mort avant 1580, épousa : 1° Berthomibe de Mongaurin, demoiselle, née à Soustons, d'où plusieurs enfants, entr'autres : *a*. Bertrande, demoiselle, veuve en 1595 ; *b*. probablement, Etienne, dit du Torrou, 1595. D'un second mariage avec N. . de Vergeron, demoiselle de Chalosse, il eut : *c*. Bertrand, qui suit. Après le décès de Jean, sa veuve N... de Bergeron, se remaria avec Sr Etienne de Caunègre, et en eut (*a*) Bertrande, demoiselle, mariée avec un autre Caunègre, 1595 ; (*b*) Anne, demoiselle, 1595.

II. — Noble Bertrand de Caunègre, sieur de Hylhet, capitaine, commandant pour le Roi au château de Boulogne, en Picardie, y mourut en 1595, après avoir testé et nommé pour exécuteurs testamentaires les maires, échevins et jurats de la ville. Il laissait entr'autres 1000 écus à chacune de ses trois sœurs ; ses chevaux, accoutrements et équipages de guerre, à ses compagnons d'armes. (1)

IV. — LES CAUNÈGRE-ROUBIN DE SOUSTONS ET VIEUX-BOUCAU, BRANCHE CADETTE DES CAUNÈGRE, SIEURS DUDIT LIEU

La maison Roubin, aujourd'hui disparue, était au quartier de Pinsolle, en Soustons, non loin de la maison actuelle de Caunègre.

VI bis. — Noble Bernard de Caunègre, écuyer, homme d'armes du seigneur maréchal de Gramond, fils cadet de Jean et de Marie d'Amou, se fixe à Roubin où il épousa : 1° Jeanne de Caulonque, demoiselle, veuve de François de Lartigau, homme d'armes, laquelle mourut sans enfants, en Novembre 1644 ; 2° Marthe Duler, demoiselle, (3 Avril 1660) qui vivait encore en 1682. On doit à Bernard la reconstruction du moulin du Plec brûlé en 1643, et de riches plantations de vignes sur le littoral. Il mourut vers 1666, laissant : *a*. Arnaud, né le 25 Avril 1660, au Boucau ; *b*. Jean qui suit ; *c*. probablement Catherine, citée en 1688.

VII Jean de Caunègre-Roubin, homme d'armes du lieu de Pinsolle en 1675, se fixe au Vieux-Boucau où il épouse, en 1680, Marie Deslix, demoiselle, fille de Me Gérard, notaire du Boucau et de demoiselle Claire de Romatet. Veuve en 1709, elle mourut à 50 ans, le 10 Décembre 1710, et fut ensevelie dans la chapelle du Boucau.

(1) Recueil sur la noblesse des Caunègre.

Ils eurent : *a*. Gérard, qui suit, né au Boucau le 8 Novembre 1682 ;
b. François, né le 8 Juin 1688 ; *c*. Claire, demoiselle, mariée le 17 Novembre 1705 à Sʳ Etienne de Glairacq, bourgeois du Boucau, d'où : (*a*)
François de Glairacq, né le 10 Octobre 1707 ; (*b*) Jean, né le 27 Octobre 1709 ; (*c*) Jérôme, né le 23 Novembre 1711 ; (*d*) Anne, née le 22 Novembre 1715.

d. Jeanne, demoiselle mariée à Mʳ Jean de Glairacq, bourgeois et marchand du Boucau, d'où : (*a*) Marthe, née le 5 Octobre 1724 ; (*b*) N..., fils, né en 1721 ; (*c*) Marthe, morte le 16 Janvier 1731 à 6 ans. (1) Veuve en 1734, Jeanne de Caunègre testa le 10 Janvier 1740, désignant l'église des Cordeliers du Boucau pour lieu de sépulture, et Mᵉ Barthélemy de Labèque, sieur de Lageste, juge de Marensin, pour héritier universel. (2)

VIII. — Sʳ Gérard de Caunègre, marinier du Boucau, décédé à Bordeaux le 10 Juillet 1719, à 37 ans. On lui fit les honnèurs funèbres au Boucau, le 19 du même mois.

V. — LES CAUNÈGRE DE MOLIETS ET DE DAX, BRANCHE CADETTE DES CAUNÈGRE DE PINSOLLE.

Cette branche habita Moliets dans une maison aujourd'hui encore appelée à Caunègre.

VIII bis. — Mᵉ Raymond de Caunègre, fiis cadet de Bernard et de Jeanne Dupuy de Pinsolle, praticien de Léon en 1722, juge magistrat civil et criminel et de police de la juridiction et Baronnie de Magescq (1734-1742), habita tour à tour Magescq et Léon. Il dut mourir dans cette dernière paroisse, maison du Conte. C'est à Léon qu'il épousa Marthe de Fourgs, demoiselle, qui mourut le 7 Janvier 1741 à Magescq, en donnant le jour à Marthe. Raymond mourut en 1751.

Ils eurent : *a*. Marie, née à Léon, morte à Magescq à 15 ans, en 1738 ;
b. Pierre, qui suit, né à Léon en 1727 ; *c*. Catherine, née en 1735 à Magescq, mariée vers 1753 à Sʳ Martin Dutouya, Mᵉ chirurgien, habitant

---

(1) Arch. du Vieux-Boucau.

(2) Armes des Labèque : De gueules, à un lion passant d'or. Mᵉ Barthélemy de Labèque, archiprêtre de Léon, portait en 1696 : De gueules, à un écusson d'or chargé d'un aigle de sable. M. Hazaël Labèque, imprimeur, représente aujourd'hui cette ancienne maison.

Nousse, (1) d'où postérité. Le sieur Dutouya mourut à 36 ans à Nousse, le 29 Avril 1776, maison Gayot ; *d*. Marie, née à Magescq en 1737, habitant Léon en 1764 ; *e*. Marthe, née à Magescq le 7 Janvier 1742 ; (2) *f*. Pierre, né à Magescq en 1734, auteur d'une branche qui se fixe à Bayonne et dont on verra la généalogie au chapitre VI.

IX. — M⁰ Pierre de Caunègre, juge magistrat civil et criminel et de police de la Barónnie et juridiction de Magescq (1751-1769), épousa dame Jeanne Delest, de Lit (24 Novembre 1750, Il mourut à Dax à 52 ans, le 23 Juillet 1759, et fut enseveli dans le cloître de la cathédrale. (3) Sa femme mourut à Moliets le 10 Juin 1789, à 60 ans.

Ils laissèrent : *a*. Marthe, née le 20 Septembre 1752 ; *b*. Raymond, né le 21 Décembre 1753 ; *c*. Raymond, qui suit, né à Moliets le 14 Mars 1759 ; *d*. Jean, né le 19 Février 1758, maire de Moliets en l'an 2, rentier, épousa Marie Loustau de Làas, (19 Brumaire an VI) et mourut après sa femme, le 16 Vendémiaire an XIII, à 46 ans, ne laissant qu'une fille, Marguerite-Rosine, morte à Dax, le 4 Germinal an XIII, à l'âge de 6 ans ; *e*. Marie, née le 26 Juin 1759 et morte à 32 ans le 4 Mars 1791 ; *f*. Catherine, née le 27 Octobre 1763 ; *g*. Joseph, né le 2 Décembre 1767, et dont la généalogie suivra au chapitre VII. Tous ces enfants naquirent à Moliets. (4)

X. — M⁰ Raymond de Caunègre, avocat, lieutenant-colonel du 1ᵉʳ Bataillon des volontaires des Landes en 1791, chef du 1ᵉʳ Bataillon à la 75ᵉ demi-brigade, un des plus braves de l'armée d'Italie, s'illustra au siège de Toulon, et mourut glorieusement à Rouque. (Italie), (5) le 26 Brumaire an V, après la bataille d'Arcole. D'une éducation très soignée, d'un physique agréable et d'une conversation pétillante, il brilla dans les salons de Dax comme au barreau. Nommé tour à tour notable et échevin (1786-1789), il dut s'arracher aux charmes de la vie de famille pour voler à la défense de la patrie. (6) On sait qu'à la bataille d'Arcole, Bonaparte l'avait sacré général. Il fallait franchir le pont à travers une grêle de boulets et de mitraille. Caunègre accourt. Bonaparte lui crie, en le

(1) Arch. de Nousse.
(2) Arch. de Magescq.
(3) Arch. de Dax.
(4) Arch. de Moliets.
(5) Arch. de M. du Boucher, de Dax.
(6) Notes de M. Dupoy, de Dax.

voyant passer : « Général Caunègre, passez le drapeau. » Mais à peine l'a-t-il saisi et s'est-il lancé sur le pont, au galop de son cheval, qu'un boulet le frappe en pleine poitrine. Des soldats s'en aperçurent et lui dirent : « Vous êtes blessé, commandant. » — « Allez en avant, mes amis, répondit-il », et il tomba. Un village près d'Arcole a pris le nom de Caunègre en mémoire de ce valeureux guerrier. (1)

Raymond avait épousé le 24 Mai 1788, à St-Vincent-de-Xaintes, dans la chapelle des Clarisses, demoiselle Thérèse de Boutges, (2) fille unique d'un ancien avocat à la cour et procureur du Roi de la Baronnie de Montfort. Par décret impérial du 21 Janvier 1806, elle reçut une pension de 450 fr.

D'eux sont issus : a. Jeanne-Henriette, née à Dax le 8 Mars 1782, morte à 24 ans, le 21 Juin 1807, à Dax, rue du Mirailh, sans avoir été mariée ; b. Jeanne-Eugénie, née le 28 Décembre 1786, mariée le 30 Prairial an XIII à M. Jacques-Robert Poymiro, (3) de Tercis, propriétaire, fils de M. Martin, rentier, et de dame Marie-Françoise Larreillet, (4) d'où : (a) Hector, rentier (1809-1857) ; (b) Thérina (1808-1882) épouse de M. Théodore Dupoy, (5) dont la descendance est aujourd'hui représentée par M. Hector Dupoy, de Dax. (6)

VI. — LES CAUNÈGRE DE BAYONNE, PREMIÈRE BRANCHE CADETTE DES CAUNÈGRE DE MOLIETS.

IX bis. — M. Pierre de Caunègre, négociant de Bayonne, ancien

(1) On lui trouva à sa mort 20 pièces d'or de Hongrie, un souverain de 45 livres de Milan, etc., à peu près, en tout, 1500 livres, une bague en diamant rose moitié sur or, une petite montre en or garnie en petites pierres. Son cheval rouge, sellé et bridé fut vendu 372 livres à Crémone, le 9 Frimaire an V ; son petit cheval, sellé, fut acheté 465 livres Le général Caunègre portait bas de soie et gilet de nankin à manches. Le total de ses effets peut être évalué à 5,000 livres. (Arch. de M. du Boucher, de Dax).

(2) Par son mariage avec Mademoiselle de Boutges, il devint seigneur cavier de Narbey, en Candresse, caverie dont M. Hector Dupoy, de Dax, est actuellement possesseur.

(3) Les Poymiro étaient autrefois seigneurs caviers de Montgaillard, en St-Etienne d'Orthe.

(4) Armes des Larreillet de Habas : d'azur, à une rose d'argent.

(5) Armes de Pierre Dupoy, procureur de Tartas : de gueules, à trois quintefeuilles d'argent.

(6) Notes de M. Hector Dupoy.

consul de la cour consulaire de cette ville, était fils cadet de Raymond, juge de Magescq et de Marthe de Fourcqs. C'est à Bayonne, le 21 Mars 1760, qu'il épousa Dame Marie Gaujet.

Ils eurent : *a*. Jean, qui suit, né à Bayonne le 29 Juillet 1763 ; *b*. Anne, aliàs Jeanne, mariée le 23 Avril 1787, à Sr Jean-Nicolas Lartigue, négociant, fils de feu Sr Jean Lartigue, négociant de la ville de Sainte-Croix de Téneriffe, né à Saubusse, et de dame Josèphe Sol. Jeanne eut en dot 20,000 livres et laissa des enfants qui ont fait souche ; (1) elle naquit à Bayonne le 27 Septembre 1765 ; *c*. Raymond, né le 14 Novembre 1766 ; *d*. Jeanne, née le 9 Juin 1769 ; *e*. Raymond, né le 13 Novembre 1770, négociant de Bayonne, y mourut sans postérité le 29 Avril 1842, maison La Palisse, au quartier St-Léon (2) ; *f*. Marie-Anna, habitant Bayonne en l'an II ; *g*. Jean, né le 21 Juillet 1772.

x. — Sr Jean Caunègre, négociant de Bayonne, épousa le 20 Messidor an v Marie Miramon, d'où : Pierre, mort à Bayonne le 3 Fructidor an x, à 4 ans. (3)

VII. — Les Caunègre Actuels de Dax, Seconde Branche Cadette des Caunègre de Moliets.

x bis. — Sieur Joseph de Caunègre, officier réformé, préposé aux douanes impériales de Moliets, propriétaire, épousa . 1° Jeanne Baby, de Tartas (4 Prairial an VI) ; 2° Marguerite Coussau, de Léon (25 Juin 1810.) Joseph était frère cadet du général et fils de Pierre, le Juge. Il mourut à Moliets à 46 ans, le 28 Octobre 1818.

Du premier mariage il eut : *a*. Jean, mort le 11 Brumaire an XII, à 4 ans ; *b*. Auguste, laissé héritier le 22 Novembre 1806, par testament de son père qui lui recommande « donner l'aumône aux pauvres qui se présenteront à la porte. »

Du second mariage : *c*. Hector, mort jeune ; *d*. Sieur André, né le 15 Septembre 1815, à Moliets, propriétaire, parti à Montevideo, laissant

---

(1) Armes de M, Lartigue, avocat au parlement de Bordeaux : d'azur à un lion passant d'argent.

(2) Arch. de M. Lartigue, de Dax, famille alliée aux de St-Martin-Bétuy, aux Barons d'Albe, etc.

(3) Arch. de Bay.

un fils et deux filles actuellement en vie ; *e*. Raymond, préposé dans la douane royale au poste de Moliets, mort à 24 ans, le 13 Janvier 1832 ; *f*. Catherine, demoiselle, propriétaire, morte à 36 ans, maison Caunègre, à Moliets, le 10 Septembre 1847, avait épousé sieur Jean Bégu, propriétaire, d'où : (*a*) Jérôme-Isidore ; (*b*) Marguerite Bégu, femme de Jean Puyo, propriétaire de Moliets et mère de (1) (*a*) Eloi-Jérôme Puyo ; (*c*) Jean ; (*d*) Thérèse, actuellement possesseurs de la maison Caunègre de Moliets ; *g*. François, qui suit.

XI. — François Caunègre, propriétaire-jardinier, habitant Dax, y épousa, (8 Janvier 1828), Jeanne Mageste, jardinière de St-Vincent-de-Xaintes. Il mourut à Dax, rue St-Vincent, à 81 ans, le 11 Novembre 1889, après s'être remarié à Marie Poucine.

De sa première femme il eut : *a*. Arnaud, qui suit, né à St-Vincent-de-Xaintes le 14 Septembre 1828 ; *b*. Jeanne, morte à 41 ans, le 1er Octobre 1871, à Dax, veuve de Jean Dals, jardinier ; *c*. Catherine, morte à sept mois, le 3 Décembre 1833.

XII. — Arnaud Caunègre, jardinier, habitant Dax, s'y marie le 27 Octobre 1857, à Jeanne Lembeye, de St-Jean-de-Marsacq. Ancien ouvrier de ville, il habite actuellement la rue Ramonbordes.

Il eut : *a*. Auguste, né à Dax le 31 Août 1858 ; *b*. Marie, née le 25 Octobre 1860; *c*. Valérine-Thérèse. née le 6 Décembre 1862; *d*. Madeleine, née le 25 Septembre 1864, morte à 8 ans, le 27 Mars 1872 ; *e*. Maria-Françoise, née le 12 Février 1868 ; *f*. Jean-Baptiste, né à Dax aussi, le 2 Janvier 1871 ; *g*. Jeanne, née le 6 Février 1874. (2)

VIII. — LES CAUNÈGRE, SEIGNEURS DE MONGRUER.

La caverie de Mongruer qui comprend, outre le quartier de ce nom, ceux du Boing du Boscq, de Labeyrie et de Laglan, est située en Magescq. Elle consistait en 25 livres de fiefs et aubergades, avec droit de création de bailli et greffier, droit de justice basse et moyenne, droit de présentation, de prélation au lignager, lots et ventes au denier vingt, honneurs d'église et d'assemblée publique immédiatement après le seigneur haut-justicier.

(1) Arch, de Moliets et papiers de la famille Puyo.
(2) Arch. de Dax.

Cette caverie relevait directement du Roi à hommage d'un fer de lance doré.

Relevons, parmi les dépendances nobles de cette caverie : 1° le moulin à blé de Goudin ; 2° l'ancien moulin à scie du Boscq, autrefois de Bathen ; 3° à Moliets, le moulin à blé du Temple, vendu en 1621.

En outre, Amanieu de Caunègre en particulier, possédait noblement « la Tuillerye, mayson, jardin et autres deppendances. »

Parmi les Terriers de Mongruer de 1501, 14 Décembre 1590, 19 Novembre 1597, celui de 1642 seul fait partie des belles archives de M. le docteur Du Bourg.

Mongruer a longtemps appartenu aux de Caupenne, seigneurs de Mées (1) puis aux Brutails de Norton, enfin aux Caunègre ; depuis, aux Borda de Heugas (2), aux Destrac (3), et, en dernier lieu, aux Barons d'Olce. (4).

1. — Bertrand de Caunègre achète quelque temps avant l'année 1500, à Noble Lancelot de Caupenne (5), chevalier, seigneur de Mées et baron de Tercis, le moulin noble de Goudin, pour 410 francs bourdalois. Il dut peu après le revendre, à cause du droit de rachat que s'était réservé Lancelot, à noble Héliot de Brutails, seigneur de Norton, acquéreur (13 Mars 1500) de la caverie de Mongruer pour 1200 francs bourdalois. Bien qu'on mentionne un Johan de Caunègre en 1459, Peyroton de Caunègre en 1480 avec son fils Thomas et sa petite fille Jehanine, mariée en 1509 avec Guilhem de Labeyrie, bien qu'on cite également Pierre-Arnaud de Caunègre en 1501, seul Bertrand, dont il est ici question, appartient sûrement à la branche de Mongruer.

---

(1) Armes des de Caupenne : d'azur à six plumes d'autruche d'argent posées en sautoir.

(2) Armes des de Borda de Heugas : Au 1 d'or à trois chevrons de gueules, au 2 d'azur à un paon rouant d'argent, au 3 d'azur à trois poissons d'argent, les deux en fasce l'un sur l'autre et le troisième contourné, au 4 d'or au levrier de gueules rampant, bouclé d'argent.

(3) Armes de Destrac : d'argent à un lion de gueules.

(4) Armes des de Lalande d'Olce · Ecartelé au 1 et 4 d'azur à quatre fasces d'argent, qui est de Lalande ; au 2 et 3 de gueules à trois chevrons d'or avec une étoile d'argent au premier canton, qui est d'Olce.

(5) Aucun généalogiste n'a connu ce nom de seigneur à ajouter à la liste. (Recueil d'actes sur la noblesse des Caunègre).

Bertrand eut pour fils ou petit-fils Bertrand II, qui suit, lequel avait une sœur mariée avec Mᵉ Charles de Romatet (vers 1550).

II. — Bertrand II de Caunègre, seigneur de Mongruer, notaire, chevaucheur de la poste de Magescq (1555-1580) était excessivement riche. Il avait acquis, le 20 Juillet 1564, d'Etienne de Brutails, seigneur de Norton, la caverie de Mongruer, pour 1000 francs bourdalois. Le Roi l'avait nommé chevaucheur le 2 Mai 1566, et le Parlement de Bordeaux l'avait maintenu, le 8 Juin 1577, dans son droit de « chasser librement tant aux lièbres que « perdrix et autre menu gibier ès terres dudit Caunègre, ensemble ès « landes communes et autres possessions des habitans de lad. seigneurie, « à la réserve du fonds noble de la Dame, à toute sorte de gibier et « oyseaux de passage excepté des bestes noires et fauves. »

Il testa le 7 Janvier 1580, laissant d'Anne d'Ayrose, demoiselle, sa femme : (1) *a.* Jean, qui suit ; *b.* Bertrand, tige des sieurs de Lanusse, dont on verra la généalogie au chapitre IX ; *c.* Jean-Jacques, homme d'armes, habitant la maison paternelle de Menjon-Jacmet ; il fut tué en 1581 avec son frère Jean, le puîné, dans une bagarre avec le bayle dont il a été ci-dessus question. Marié avec Marie de Ponteils, demoiselle, il aura la généalogie de ses enfants au chap. X ; *d.* Jean, puîné, homme d'armes, tué le 6 Août 1581, mort sans enfants et ab intestat, avait eu en partage la caverie de Mongruer et les biens nobles de Mompic, qui revinrent à l'aîné par droit de coutume ; *e.* Pierre, nommé chevaucheur de la poste, en même temps que son père, à la survivance l'un de l'autre (2 Mai 1566), mourut avant son père. Il avait épousé Marguerite de Castelnau, demoiselle (2), et s'était fixé à Dax où il achète une maison à Gaspard Doro, (3) seigneur du Poy de St-Pandelon ; *f.* Marguerite, demoiselle, morte avant 1618, avait épousé le sieur Bouneau, avec 750 écus de dot.

III. — Jean de Caunègre, seigneur de Mongruer et du Sanguinar, chevaucheur de la poste de Magescq — par nomination royale de Mars

---

(1) Armes d'Ayrose : d'or, à un lion de gueules, écartelé d'argent à deux pals de gueules, et sur le tout, d'azur à une rose d'argent.

(2) Armes des de Castelnau, de Bayonne : de gueules, à un château ouvert et donjonné de trois tours d'or maçonnées de sable, écartelé d'argent à un lion de gueules.

(3) Armes des d'Oro : d'argent à l'aigle au vol abaissé de sable becquée et armée de gueules.

1580 « sur l'asseurance qu'il a tousiours catholiquement vescu comme unh homme de bien doibt fare » —, homme d'armes du seigneur de Poyanne, juge royal de Magescq (1570-1595), guerroya longtemps pour la cause du Roi et « feust faiét prisonnier de guerre par ceulx de la « religion et dettenu longtemps en la ville du Mont-de-Marsan, jusques « à ce qu'il paya de rançon quatre mil escus au feu sieur de Castetnau, « gouverneur de lad. ville. » Jean était exempt « de payer aulcune taille « pour aulcuns de ses biens, comme un des six-vingt chevaulcheurs de « l'escurie du Roy. » Marié à la dame du Sanguinar, Jeanne de Caunègre, il fit entrer dans sa maison ces biens nobles, et désormais ses successeurs ne signeront que « Sanguinar » comme les grands personnages. « Il estoit homme de grand esprit », disent les Notes de famille. Il mourut ab intestat en 1595, et sa femme en 1601, le 8 Septembre, après avoir testé.

D'eux sont issus : a. Isaac, chevaucheur, mort vers 1600, n'ayant pas de postérité ; b. Catherine, demoiselle ; c. Amanieu, qui suit ; d. Jean, diacre et sous-diacre de Magescq, bien qu'il n'eut jamais que la simple tonsure, mort le 11 Octobre 1621. On a de lui un Manuscrit précieux sur la Philosophie et le Droit professés en 1582-1583 à l'École d'Aquitaine de Bordeaux, sous Barthélemy Scot ; e. Jean-Jacques, tige de la branche de Lanusse-Vieille, dont la généalogie suivra au chap. XI ; f. Marguerite, demoiselle, mariée le 7 Janvier 1602, avec 7,000 livres de dot, à Jean de Balesté, seigneur de Tchart, juge de Lége, habitant La Teste, d'où Isabeau, mariée au sieur Mesplet, de Magescq. Marguerite testa le 27 Mars 1638 ; g. Anne, qui épousa Etienne de Lacoste (1), Mᵒ de poste en 1622, mort avant 1625 ; h. Marguerite, demoiselle, d'abord novice à Ste-Claire de Dax (1614, épousa le 11 Février 1622 Noble Martin Dibos, écuyer, sieur de Lagraulet en Saubion, mort sans enfants en 1635. Elle mourut à Magescq le 7 Novembre 1657.

IV. — Noble Amanieu de Caunègre, escuyer, seigneur de Mongruer et du Sanguinar, chevaucheur de la poste de Magescq depuis le 23 Septembre 1595, esprit distingué, mais processif, possédait une belle fortune, évaluée à 69,000 livres en 1614. Il habitait la maison noble de Pélauchét, près du pont du Bourg. Marié en premières noces avec

(1) Armes des Lacoste : d'azur, à une oie d'argent.

Marguerite de Caunègre, demoiselle, morte le 27 Mars 1628 sans enfants il convola le 1er Mars 1631 avec Marguerite Duboys, demoiselle, fille de feu Me Frédéric, conseiller du Roi et lieutenant criminel au siège Dax, et de Pascale de Maroy, demoiselle. Amanieu mourut à 58 ans, le 28 Octobre 1643, après avoir testé.

Il avait eu : Jean, qui suit.

v. — Noble Jean de Caunègre, seigneur de Mongruer et du Sanguinas, chevaucheur de la poste de Magescq, étudia pendant sept ans et demi, à Dax et ailleurs, s'engagea dans la cavalerie (1649), puis s'enferma quelque temps dans un cloître à Bordeaux (1658) et finit par mourir dans le cabinet de son procureur, M. Gremier de Bordeaux (1er Novembre 1671). Il fit confirmer par Jacques Desclaux, évêque de Dax, son droit de sépulture et de banc à l'église de Magescq (16 Avril 1655). Il avait testé le 8 Mai 1671. N'ayant pas d'enfants d'Hilaire Dagès, demoiselle, fille de M. Dagès d'Ousse (1), et morte le 21 Mai 1676, il laissa les biens paternels à Jean-Bertrand de Caunègre, et les maternels à M. Bertrand de Borda, seigneur de Heugas. Après un long procès de criées, ses biens, furent décrétés et partagés par arrêt du parlement de Bordeaux, (2 Mai 1674).

IX. — Les Caunègre, Sieurs de Lanusse, première Branche Cadette des Caunègre de Mongruer.

Lanusse (aujourd'hui maison Menot) était une maison noble au bourg de Magescq.

iii bis. — Bertrand de Caunègre, sieur de Lanusse, notaire, blessé dans la bagarre de 1581, était fils de Bertrand II et d'Anne d'Ayrose. Il se maria deux fois : 1º avec N... de Lafaurie, demoiselle ; 2º avec Françoise de Suzon, laquelle, devenue veuve, épousa Me Jehan de Lartigue, procureur du Roi en Maremne, 1625. Bertrand mourut vers 1600, laissant, du premier lit : a. Amanieu, qui suit; du deuxième : b. Amanieu, dont j'ignore la destinée ; c. Jeanne, demoiselle qui épousa Me Etienne de Lartigue, procureur du Roi en Maremne, lequel fit décréter en sa faveur les biens de Lanusse (22 Novembre 1632) ; d. Isabeau, delle.

(1 Armes d'Agès : d'azur, à la dague d'argent.

IV. — Amanieu de Caunègre, sieur de Lanusse, mort sans enfants vers 1624, de demoiselle Marie de Poy qui vit encore en 1671.

X. — Les Caunègre de Passedey, seconde Branche Cadette des Caunègre de Mongruer.

III ter. — Jean-Jacques I de Caunègre, homme d'armes, un de ceux qui furent tués en 1581, était fils de Bertrand et d'Anne d'Ayrose. Il avait épousé Marie de Ponteils, demoiselle (1). Je le considère comme le fondateur de la branche des Caunègre du Passedey, maison située dans la campagne de Magescq, et par conséquent comme le père de N..., qui suit.

IV. — N..., Caunègre du Passedey, mari de N... Darrotger, demoiselle, mourut en 1610. Il était cousin d'Amanieu, de Mongruer, qui en parle avec grand respect. De ce Caunègre sont issus : *a.* Etienne, qui suit ; *b.* Jean-Jacques, 1609-1626 ; *c.* Bernard, 1615, lequel testa les 3 et 9 Septembre 1620.

V. — Etienne de Caunègre du Passedey, mort avant 1625, père probable de : *a.* Arnaud, qui suit ; *b.* Jean, 1634 ; *c.* Mᵉ Bernard, prêtre, diacre de Magescq (1625-1640), puis vicaire-perpétuel de Magescq (1651-1657) ; *d.* Mᵉ Etienne, procureur-postulant en la cour de Magescq, 1654, sergent royal en 1659, d'où : (*a*) Catherine, demoiselle, qui épousa Estienne Ducamin, Mᵉ chirurgien, habitant Magescq en 1677 ; (2) (*b*) probablement Mᵉ Barthélemy de Caunègre, sergent royal de Léon en 1677.

VI. — Arnaud de Caunègre de Passedey, jurat en 1638, questier du quartier de Laboursan en 1651-1654, eut pour fils : Bertrand, qui suit.

VII. — Bertrand de Caunègre de Passedey, 1653, eut pour fils : Jean, qui suit.

VIII. — Mᵉ Jean de Caunègre du Passedey, homme d'armes en 1677, marguillier en 1682, procureur-jurisdictionel de Magescq (1681-1706), testa le 18 Mars et mourut le 17 Juillet 1706, à 55 ans, sans postérité.

---

(1) Les Ponteils étaient sieurs dudit lieu et de Yon, en Soustons.
(2) Arch. du Tribunal Dax.

XI. - LES CAUNÈGRE DE LANUSSE-VIEILLE, TROISIÈME BRANCHE CADETTE DES CAUNÈGRE DE MONGRUER.

Cette branche s'établit à la maison dite Lanusse-Vieille, aujourd'hui appelée à Caunègre, domaine actuel de la famille Du Bourg-Caunègre, qui continue la descendance.

IV bis. — Jean-Jacques de Caunègre, écuyer, lieutenant de juge et bayle de la Baronnie de Magescq, chevaucheur de la poste du Pey des Monts, créée en sa faveur à St-Geours-de-Maremne le 15 Juin 1613 « aux gages de neuf-vingt livres par chascun an », puis, chevaucheur de la poste de Magescq depuis 1618. Il avait épousé Françoise de Caunègre, demoiselle, fille de Jean, le bayle, et de Marie d'Amou (25 Juin 1619). Il était lui-même fils cadet de Jean, seigneur de Mongruer. Il voulut entrer en 1612 dans les gardes du Roi. Il mourut jeune le 14 Juin 1622, laissant : a. Jean-Bertrand, qui suit, né le 17 Décembre 1620 ; b. Jeanne, née en 1621, morte vers 1629.

V. — Jean-Bertrand de Caunègre, écuyer, homme d'armes, vivant noblement, « seigneur cabier, foncier et direcq de Mongruer, quartier du « Boscq du Boing et Laglan y englobés, et en oultre seigneur de la « maison noble et biens du Sanguinar » pendant deux ans (1671-1673), chevaucheur de la poste de Magescq, obtint de la justice qu'il ne serait pas jurat « à cause de sa qualité. » Il fut cité par Claude Pellot en même temps que son cousin, Jean du Sanguinar, pour faire leurs preuves de noblesse (1666).

Il avait épousé (21 Avril 1645) demoiselle Anne de Lartigau, fille de François, escuyer, homme d'armes du seigneur de Poyanne et de Jeanne de Caulonque, demoiselle de Pinsolle, en Soustons. Elle mourut le 3 Septembre 1651 après avoir testé trois fois, et lui, à 74 ans, le 20 Juillet 1694.

Il a laissé quelques Mémoires de famille précieux pour l'époque.

De lui naquirent : a. Bernard, mort tout jeune avant 1650 ; b. Philibert-Archambaud, né le 30 Août 1650, filleul du Baron de Magescq, élevé au collège des Barnabites de Dax, Me ez-arts en 1677, greffier de Magescq (1680-1683), receveur des droits du Roi et de la foraine de Magescq (1684-1702), mourut ab intestat et sans héritier mâle le 17 Octobre 1702.

Sa veuve, demoiselle Marie d'Oro de Betloc (1), qu'il épousa le 14 Décembre 1677, était fille de Sʳ St Philibert, vivant noblement, et de demoiselle Jeanne de Lugan ; elle mourut à 90 ans en 1720 ; elle avait testé le 11 Septembre 1719 (2); c. Marie, née le 5 Novembre 1651, morte le 14 Juin 1655 ; d. Jean-Bertrand, né le 6 Août 1653, sous-lieutenant au Régiment de M. Darnaut, commissaire général (1677), mort poitrinaire à 31 ans, le 1ᵉʳ Avril 1684 ; e. Jean, qui suit, né le 25 Septembre 1656.

VI. — M. Jean de Caunègre, praticien (1680), arpenteur général de Magescq et Gourby (1697), vivant noblement, épousa (24 Septembre 1695) Marie de Lafitte, demoiselle, fille de Mᵉ Martin, praticien, et de demoiselle Marie Dufort. Jean mourut à 95 ans le 25 Avril 1742, et sa femme le 10 Mai 1718. Il avait eu plusieurs enfants morts en bas âge, entr'autres deux qui furent enterrés les 4 et 9 Janvier 1719, et un troisième, Jean, mort le 24 Août de la même année. Il ne lui resta que Marie, qui suit, née le 3 Octobre 1704.

VII. — Marie de Caunègre, demoiselle, épousa (16 Février 1722) Mathieu du Bourg (3), praticien de Magescq, lequel signa dès lors Du Bourg-Caunègre. (4) Mathieu a laissé des Notes de famille très nombreuses et fort précieuses à consulter pour l'histoire du temps. Historien et paléographe, il mourut en 1772, et sa femme en 1754, le 21 Avril. Ils ont laissé : a. Marie, morte en 1729 ; b. Jean, qui suit, né le 1ᵉʳ Avril 1730 ; c. Marie, née en 1738 ; d. Pierre, né en 1742, mᵉ chirurgien, mort à 52 ans, le 5 Nivose an III ; e. Jean, bourgeois de Magescq, né en 1746, teste le 22 Avril 1792.

VIII. — Sieur Jean du Bourg-Caunègre, praticien, épousa le 26 Octobre 1756 demoiselle Catherine Dumora, fille de Mᵉ Guillaume, praticien de Labenne et de Marguerite de Caulonque, demoiselle ; Jean continua les Mémoires de son père et mourut le 11 Janvier 1773, à 43 ans. Il eut : a. Marie, née en 1758 ; b. Charles, né en 1759 ; c. Guillaume, qui suit, né à Labenne le 10 Juillet 1762.

---

(1) Armes des d'Oro de Betloc : de sable, à trois soleils d'or, posés 2 et 1.

(2) Arch. du Tribunal de Dax.

(3) Les Du Bourg de Magescq ont une généalogie depuis 1620.

(4) En réalité on devrait écrire « de Caunègre. »

IX. — Sieur Guillaume du Bourg-Caunègre, officier municipal en 1790, maître de poste à Magescq pendant cinq ans (1791-1796) pendant lesquels il perdit 47 chevaux et 12,000 livres ; adjoint municipal en l'an VIII, maire de Magescq (1811-1816), se montra plein de sollicitude pour les réparations de l'église et du presbytère et le relèvement de l'instruction publique. Il s'était marié (16 Août 1792) à Claire Du Bourg, demoiselle, fille de sieur Bernard, praticien, et de demoiselle Marie Bascary.

D'eux sont issus : a. Marie, née le 10 Fructidor an III ; b. François, qui suit, né le 4 Ventose an V.

X. — M. François du Bourg-Caunègre, rentier, épousa Mademoiselle Marie Fabas, et mourut en 1839, laissant : a. Achille-Guillaume, qui suit, né le 29 Novembre 1818 ; b. Marie-Augustine, épouse de M. Denis, médecin, d'où postérité ; c. Firmin ; d. Pascal ; e. Etienne ; f. Michel, tous morts sans descendants ; g. Claire, mariée à M. Rémy, mort capitaine en retraite, à Lesperon (1893).

XI. — M. Achille-Guillaume du Bourg-Caunègre, rentier, épousa Mademoiselle Vincence Laloi (1844), et mourut le 5 Décembre 1855, laissant : a. Marie, épouse de M. Jean-Baptiste Dubroca, receveur des Contributions indirectes, d'où Paule-Vincence Dubroca, fille unique ; b. Marthe-Amélie, époux de M. J.-Bte-Erard Destouesse, notaire, d'où (a) Louis ; (b) Jacques Destouesse ; c. Michel-Léon, qui suit, né le 30 Octobre 1849 ; d. Anne-Marie, épouse de M. Pierre-Gustave Destouesse (1), propriétaire au château de Pigeon, en Gousse, d'où une fille, Marie-Geneviève ; e. Dominique.

XII. — M. Léon Du Bourg, docteur en médecine, habitant Magescq, s'est marié le 23 Juin 1875 à Mademoiselle Marie-Elisabeth Pouey. Il a trois enfants : a. Guillaume-Jacques, né le 15 Septembre 1876 ; b. Anne-Catherine, née le 10 Août 1879 ; c. Marie-Claire-Geneviève, née le 23 Octobre 1882. (2)

---

(1) Armes des Destouesse, anciennement d'Estouesse : d'or, à trois pals d'hermine. Jean Destouesse, père, avocat en parlement, aïeul des Destouesse actuels, blasonnait : Palé d'or et d'hermine. Les de St-Paul-Pigeon, autres aïeux des Destouesse, avaient pour armes : d'argent, à trois pigeons et un chef d'azur chargé d'un chien courant.

(2) Tous les documents cités sans renvoi ou résumés font partie des innombrables papiers de Madame veuve Achille du Bourg et de M. le Docteur Léon Du Bourg qui ont mis la plus exquise amabilité à nous ouvrir leurs trésors d'archives. Je leur renouvelle ici l'expression de ma reconnaissance.